松井努句集

手拭の糸

TENUGUI NO ITO
Matsui TSUTOMU

ふらんす堂

序

　松井努さんとの出会いは、私の勤務していた高校の学校開放講座である。もう二十年近くも前になるだろうか。保護者や近隣の住民を対象に「俳句入門講座」を開講したのだが、その受講者の中の一際若い青年、それが努さんであった。その時の第一印象は、とにかく真面目で真摯な好青年であったのだが、それは今でも変わっていない。
　講座の卒業生で作られた「ありの実句会」にも直ぐさま参加し、ある時期、仕事の都合等で中断したこともあったが、やはり俳句の魅力には勝てなかったようで、復帰するとその熱心さには更に磨きが掛かり、「ありの実句会」に止まらず、「橘」にも入会、本部句会や「龍の会」「いなほ句会」など他の句会にも積極的に参加し、更なる研鑽を積み重ねるようになった。
　その努力の甲斐あって、入会三年目にして、令和二年には「橘新人賞」を受賞し、現在は「橘」の編集にも加わってくれている。

努俳句の特徴は、些細な身辺の出来事を実に楽しそうに一句にまとめ上げることである。必然的に子供や妻を詠んだ句が多いのだが、そのいずれもが実に明るく健康的で屈託のない作品であり、集中を通して次のような佳句を多く見ることができ、読み手の心を和ませると同時に、己が来し方をも改めて思い起こさせてくれる。これは努さんが「あとがき」に記しているように、「自由に俳句に向きあえるよう多くの協力をしてくれた妻や家族」のお陰であり、またその家族を明るくまとめ続けてきた努さん自身の努力の賜でもある。

花杏その名の吾子と樹を見上げ　（第一章）
軽トラックに三人掛けてトマト食ぶ
記念日の牡蠣のパスタを分け合ひて
夏帽の子の描きたる象の耳　（第二章）
両肩に吾子眠りたる虫時雨
逆立ちをひよいと妻決め春立ちぬ
昼寝子の左手に小指握らるる　（第三章）
子の背中まあるく洗ふ素秋かな
ジーパンの妻つまみたる蜥蜴の尾
胸丈に強き子のパス春来る　（第四章）
秋晴や句帳に吾子の描く天馬
春月へ親の間をスキップす

また、次の一句などは松井家の全てを表し尽くしていると言ってよかろう。

母の手を父の手に置く卒園児　（第四章）

そして、努俳句には小さな虫も良く登場する。これも身辺の些細な出来事へのアンテナの感度の良さによるものであるが、あまり好かれることのない「蠅」の句が多いのは、彼の根底に流れる優しさと諧謔精神の表れでもあろう。意図的かどうかは分からぬが、次のように四季の「蠅」を詠み分けているのも面白い。

居酒屋の出口の時刻表に蠅　（第二章）
三色の子の歯ブラシや冬の蠅
斜め読みの回覧板に秋の蠅　（第三章）
空色の干さるる傘に春の蠅　（第四章）

努さんは、このところ「橘」の吟行会にも参加するようになった。まだまだ時間的な余裕もなかろうから、吟行句が少ないのは致し方ないのだが、集中には次のような作品も見られ、ひと味違った努俳句の魅力となっており、今後が益々期待されるところ。

半券を挟む句帳や鳥曇　（第一章）
蔦もみぢ城ある町の写真館　（第二章）
酒蔵の見ゆる石橋花曇　（第三章）
湯の街の下駄占ひや秋の蟬
寒鴉里の一番高き木へ　（第四章）

鳥の巣の高さ天狗の飛ぶ高さ
里山の風さあさあと稲の花

また、努さんは勉強熱心であり、先人の俳句等も良く勉強して、忌日の作品にも積極的に取り組んでいる。何とも大御所ばかりよくぞ挑戦したものだが、次の句のようにそれぞれその作家の生き様を確かに踏まえている。また、最後の一句を句集名としていることからも、努さんの忌日の作品への拘りを窺うことも出来ようというものである。

うすあをき手紙の届く獺祭忌　（第一章）
立子忌のおまけに貰ふパンの耳　（第二章）
蛇笏忌や神の田は田の形して　（第三章）
ぼすぼすとボールペン押す啄木忌　（第四章）
手拭の糸解れたる漱石忌

そして、巻末の一句には何よりも驚いた。この一句は、努俳句の今後の大きな広がりを確かに予感させるものである。これからが何とも頼もしく楽しみなことである。

ふらここの風戦火無き丘の風　（第四章）

。

努さんの「あとがき」に「フルマラソンを何度も走りました」とあるが、俳句も人生も正に〝フルマラソン〟である。ただし、二度と繰り返すことの出来ぬ〝フルマラソン〟なのである。だからこそ、今この時を大切に生き、しっかと作品に残さねばならない。

努さん、『手拭の糸』ご上梓おめでとう。さあ、まだまだフルマラソンの先は長いぞ。少しばかり先を走っている私に追いつけ、そして追い越せ。健闘を祈る。

令和五年立夏

紫蘭あふるる風杏亭にて　佐怒賀直美

目次

手拭の糸

第一章　始発列車（平成二十三年〜令和元年）

ミント入りカクテル傾げ冬に入る

初雪や吾子の瞬き半分に

クリスマス電車一両握り寝る

記念日の牡蠣のパスタを分け合ひて

立ち合ひの産声あがる冬の朝

寒風の親子マラソン息合はせ

花杏その名の吾子と樹を見上げ

一瞬に風船作る妻の息

願かけて御結びにぎる春の朝

こどもの日照る坊主らの部屋に起き

むちむちの腕に七星てんと虫

ちゃぶ台の臍にどつかと麦茶置く

妖怪の図鑑開いて秋に入る

盆僧にウルトラマンのポーズ決め

缶入りのドロップ振つて秋の虹

満月や剣玉の紐千切れたる

週末はシェフになりきり林檎剝く

風花や路面電車とすれ違ふ

氷踏む班長さんと班員と

手渡しのコロッケ馨る梅日和

下萌や逆からのぼる滑り台

二対二のシーソー傾ぐ花薺

ラッパ吹く灯台守や涅槃西風

花の冷ベンチの妻へ紅茶注ぐ

裸の子兄の背を追ひ築山へ

軽トラックに三人掛けてトマト食ぶ

すててこや日曜大工釘咥へ

福耳の母と座りて虫を聞く

ゐのこ草水路に流し探検す

うすあをき手紙の届く獺祭忌

柿たわわ麒麟獣舎の屋根尖り

青みかん始発列車が動き出す

七五三パーになりたるピースかな

初氷空に翳して陽を浴ぶる

沼杉の梢こずゑに冬鴉

文鎮を恵方に置いて初硯

着ぶくれて波郷の街の路地裏を

竹馬の夕日に向かひけんけんす

吾子の靴捜し回つて犬ふぐり

石狩は父の疎開地春の雪

蔦芽吹く柵に干したる子らの靴

たんぽぽや百度参りを折り返す

ふらここや九九を暗唱する吾子と

単語帳閉ぢて車窓の朝桜

春の虹脚のあたりは煙突に

半券を挟む句帳や鳥曇

トスしたる平成硬貨風薫る

大仏の頬の滑らか青嵐

黒南風へ打つホームラン伸びやかに

理髪師の鋏軽やか金魚玉

筑波宇宙センター　二句

宇宙食を買ふサングラス胸に掛け

半ズボンの子未来の宇宙飛行士に

蟻の列追ひたる男の子蟻となる

押入れの隠れんばうや子らの汗

胸板の水鉄砲の的となる

河童忌や青きサンダル子と洗ふ

盆帰省焼き立てメロンパン買うて

秋蟬の声の真中に笛吹く子

吾亦紅旅の途中に出す葉書

ネクタイを緩め二匹の秋刀魚買ふ

三つ編みの子と店先の柿選ぶ

十月三十日は松本旭先生の忌日

走り根をひよいひよい跨ぐ青龍忌

秋日和小さきポッケに虫眼鏡

灯火親し兄のシートン動物記

夜食粥鶉の卵浮かばせて

立冬や和菓子の包み折り鶴に

魔女の売る丘のパン屋や枇杷の花

柚子風呂に足し湯を注ぐぽくぽくと

冬銀河へ子と足音を走らせて

第二章　森の句（令和二年）

羊日の欅並木を妻と行く

キャラメルの箱かたかたと初句会

同番号のゼッケンの子と寒風へ

寒月や手首足首子と回す

逆立ちをひよいと妻決め春立ちぬ

十年目のふたりの選ぶ春苺

薺咲く上野の森の草野球

凧上がる大欅立つ男子校

靴紐を結び直す子蕗の薹

しりとりは食べ物ばかり雛の日

立子忌のおまけに貰ふパンの耳

啓蟄や川底に棲む河童の子

前後ろ逆のズボンやチューリップ

鳥曇方位磁針の針赤し

お手玉の布柔らかき菜種梅雨

鉛筆に森の匂や入学す

襷掛けしたる水筒朝雲雀

切株に座りしろつめ草編めり

少年の振り抜く竹刀豆の花

不揃ひの餃子焼きたる昭和の日

高々と打ち合ふシャトル花蜜柑

竹落葉紙の手裏剣投げ合うて

馬鈴薯の花やアイヌの丘に立つ

大鯉の沼面に跳ぬる芒種かな

夏萩や路面電車の発車ベル

夏帽の子の描きたる象の耳

蛍火や程良き間合ひにゐる夫婦

耳朶に見沼たんぼの青田風

炎帝の紙鉄砲に打たれたる

居酒屋の出口の時刻表に蠅

金太郎飴を買ひ足す草田男忌

眉太き岳父と話す藍浴衣

遠雷や畳の縁に躓きて

水眼鏡の子ら大岩の天辺に

潮風の匂の髪の昼寝の子

家蠅や飛車角落ちの将棋指す

大榧の立つ産土や夕立風

路地裏の中華そば屋の濃き麦茶

終戦の日の塩結び大皿に

馬追や色鉛筆の芯削る

雲梯にある秋天を摑みたる

両肩に吾子眠りたる虫時雨

秋の雷斜めにオセロ裏がへる

無花果や手押しポンプの柄の緑

蔦もみぢ城ある町の写真館

音長き貨物列車や柿日和

石段の子らの声追ふ羊雲

朝刊の俳壇拡げ栗を剝く

火の恋し釦に赤き糸通し

算盤塾の庭の榠樝を数へたり

三色の子の歯ブラシや冬の蠅

十二月八日葉水をひと葉づつ

水甕の欠けたる縁に冬の蜂

段ボールのトロッコ作る小晦日

第三章　下駄占ひ（令和三年）

鶏旦や銀縁眼鏡拭ひたる

人日や萩の湯呑の黒豆茶

初旅の鞄に赤き時刻表

大寒やシチューの匂ふ四時間目

セーターの子の十数ふ指相撲

腰丈の子の仕切りたる鬼やらひ

立春の床屋の椅子に回さるる

大楠の幹に余寒のありにけり

なぞなぞのヒントを貰ふ日永かな

棒切れを手につくしんぼ数へたる

花種を蒔く鍵ひとつ首に下げ

キーパーの両掌の摑む春の空

三台の小さき自転車鼓草

春の夜や長方形の最中食む

体操の声が重なる大石忌

蘖や熊よけ鈴のふたつ揺れ

浜の寺包む満天星躑躅かな

竹籠の玉子サンドや花はこべ

膝丈に作る砂山花薊

酒蔵の見ゆる石橋花曇

五線譜のノート拡げて春の虹

宿坊の太き柱や春の雷

薔薇園の石のベンチに向かひ合ふ

聖五月レーズンパンをちぎりたる

鍋多き母の厨や枇杷すする

枇杷は実に手桶伏せたる水汲み場

奥深き八雲神社や額の花

七丁目の飲み屋の窓の蝸牛

昼寝子の左手に小指握らるる

木造の駅の花屋に目高鉢

ジーパンの妻つまみたる蜥蜴の尾

山頂へのぶる鎖や夏の空

夏蝶へ出席葉書投函す

正座してどら焼き齧る土用かな

狛犬の阿吽の間蟬時雨

仏桑花道を横切る島の牛

片陰を選び子と行く饅頭屋

画用紙に濃き水色を夏休み

行く夏や撫牛の角褪せてゐる

羊羹色の位牌並べて盆支度

朝顔の蔓先にある玉碍子

湯の街の下駄占ひや秋の蟬

瓶詰の塩飴揺らす敗戦日

水筒の水を分け合ふ吾亦紅

草舟の水路に浮かぶ九月かな

鈍色の弁当箱や青蜜柑

七色の洗濯ばさみ鰯雲

子の背中まあるく洗ふ素秋かな

蛇笏忌や神の田は田の形して

斜め読みの回覧板に秋の蠅

上州へ渡る鉄橋秋夕焼

弓丈の道灌公や菊日和

秋の蚊のへらへら止まる子の肌

晩秋や空気無料の自転車屋

影を引き連るる舞楽や暮の秋

紅葉散る弁当箱へ子の膝へ

道の端のチョークの兎朴落葉

黄帽子の列弾みたる落葉道

牡蠣飯をかぷりかぷりと平らげぬ

持久走八位の吾子や冬青空

玄冬の城下を包む夕日かな

巨艦めく東京駅舎冬の月

ひらがなの宛名の賀状ひとつ書く

あひる浮く湯船に遠き除夜の鐘

第四章　天馬（令和四年〜令和五年）

暁の沼辺を歩む初雀

羊日や洗濯物を子と畳む

魚屋の掛け声高き初仕事

成人の日の声弾む南口

寒鴉里の一番高き木へ

門柱に立つ腰丈の雪だるま

冬たんぽぽが紙飛行機の着地点

探梅の空へ飛行機雲伸びて

武蔵野に狐の気配春隣

胸丈に強き子のパス春来る

紅梅や昭和の音の遊園地

冴返る赤き幟の百揺れて

春月へ親の間をスキップす

春の雪寝起きの子らの細き眼に

側転を覚えたる子の紙雛

鳥の巣の高さ天狗の飛ぶ高さ

母の手を父の手に置く卒園児

流氷の街蒸しパンを左手に

水色のコンテナ車行く春夕焼

空色の干さるる傘に春の蠅

湯桶手に春三日月へ坂上る

永き日や女王の国の紅茶注ぐ

たんぽぽや球場裏に高き塚

風光る橋をトロッコ列車行く

百斤の狛犬に牙春の風

蛇行する疾き疎水や里桜

菜の花へ川の飛石渡り切る

ぼすぼすとボールペン押す啄木忌

食パンの耳を取り合ふ端午の日

清和なる潮の匂の交叉点

青天や麒麟の丈に夏蜜柑

六月二十六日は松本翠先生の忌日

朱鳥忌や明日の鉛筆尖らせて

秒針のゆたゆた刻む籐寝椅子

南風吹く石灯籠の丸穴へ

朝虹へ三つ干したる体操着

蜘蛛の子の天空へ糸上り行く

虹色に果蜜（シロップ）並ぶ氷店

野鼠の絵本を開く夏蒲団

初恋は理科の先生水中花

指先の微かに動く昼寝かな

十面のサッカー場の夕焼空

地ビールを飲み比べたる鷗外忌

籐椅子の祖父へ手渡す通信簿

理髪器(バリカン)の触れたる裸子の旋毛

ひまはりの迷路貫く子らの声

波音を背に子らと踊りけり

盆休み母はお手玉名人に

里山の風さあさあと稲の花

鍋の鳴る中華蕎麦屋や秋団扇

大皿に西瓜を運ぶ寝巻の子

切札のジョーカー残す秋の雨

競ひ合ふ降車ボタンや秋の浜

最北の岬の朝の濃竜胆

曼珠沙華角無き子らの鬼ごつこ

虫の秋押し出されたる紙力士

渾名呼びバトン手渡す九月かな

食卓に七人揃ふ良夜かな

バス停や秋風鈴の鳴る酒屋

街道の角の祠のいぼむしり

秋晴や句帳に吾子の描く天馬

十月の明るき棚の胡桃パン

大花野子らはピースの指立つる

湿りたる手の子と歩む柿日和

消しゴムをきゆきゆつと擦る文化の日

ふくよかな吾子の利き手の千歳飴

ざじずぜぞ路地を引つ掻く朴落葉

ローマ字の木の表札や石蕗の花

米櫃の嵩確かむる神迎

手拭の糸解れたる漱石忌

鉄道の街のパン屋に冬薔薇

壁へ蹴る強きボールや冬の風

ハンドルの革の匂や冬日向

教卓の花瓶に冬日届きたる

帆船のかたちの遊具冬の蜂

冬の蝶ほたほた渡る赤き橋

時計屋の店主の赤く着ぶくれて

東に遠筑波ある冬田かな

暁に米を潤かす十二月

水湊や対面パスを繰り返す

仕立屋の鏡の脇のポインセチア

吹き抜けの立方体に大聖樹

分厚き手年の始の葉水する

駄菓子屋の暗算速き初仕事

顔丸き人の句選ぶ初句会

砂時計耳に当てたる寒夜かな

丸箸のひつくり返す寒の餅

大窓を大きく開くる冬の虹

橋詰の冬たんぽぽを跨ぎたる

ぽつぽつと木皿に零す年の豆

鬼やらひ少年の声太くなり

たこ太きたこ焼き突く梅日和

かたかごの花やリュックの鈴揺れて

胸厚き漁師の宿の若布汁

ふらここの風戦火無き丘の風

あとがき

俳句は、私の人生に多くのものを与えてくれました。そして、現在も私の生活の軸となり、根幹となっています。また、俳句を鑑賞することにより、自分だけでは体験できない世界を垣間見られることが、俳句の大きな魅力であると考えております。

句集名は、生活に身近な、親しみあるものにしようと考え、「手拭の糸」としました。

句集の上梓は私のこれまで全ての句を見直す機会となりましたが、家族の句が多く、私にとって大切な存在であることを改めて思いました。私がボケ（天然も含む）を言えば、妻や子供たちがツッコミを入れてくれます。私が自作の上五・中七を言うと、すぐに次男が元気に下五を続けてくれます。そんな道化師的な父をいつも相手にしてくれてありがとう。家族を笑わせているのか、家族に笑われているのか、或いは両方なのかもしれません。

今後は、これまでに詠んだことのない季語にも、もっと積極的に挑戦して行こうと考えています。

梨畑の広がる埼玉県白岡町（現白岡市）に育ち、子供の頃は純文学や推理小説を好んで読んでいました。そして青年期には、ノンフィクションや歴史書・大衆文学などジャンルを問わず読み耽っていました。また映画も好きで、貪る様に多岐に渡る作品を観ていましたし、友人とお薦めの本を交換したり、鉄道や飛行機で国内外を旅したりしては世界を広げてきました。学生のときにはフルマラソンを何度も走りましたが、どうやら私には夢中になれるものがあると熱くなる傾向があるようです。

第一句集出版にあたり、まずは自由に俳句に向きあえるよう多くの協力をしてくれた妻や家族に感謝致します。そして、俳句作りの初歩からひとつひとつ丁寧に温かくご指導をいただきました佐怒賀直美先生に厚く御礼申し上げますと共に、優しく見守り力づけてくださった「橘」の諸先生方や句友の皆様に心から感謝致します。

令和五年六月

松井　努

著者略歴

松井　努（まつい・つとむ）

昭和49年3月4日　山形県鶴岡市生。

平成８年　　明治大学法学部法律学科卒。

平成29年　「橘」入会。佐怒賀直美に師事。

令和２年　　第38回「橘」新人賞受賞。「橘」同人。

俳人協会会員

現住所　〒349-0218　埼玉県白岡市白岡760-2

手拭の糸　てぬぐいのいと

二〇二三年七月六日　初版発行

著　者　松井　努

発行所　ふらんす堂

〒一八二—〇〇〇二

東京都調布市仙川町一—一五—三八—二F

電　話　〇三（三三二六）九〇六一

ＦＡＸ　〇三（三三二六）六九一九

ＵＲＬ　http://furansudo.com/

E-mail　info@furansudo.com

振　替　〇〇一七〇—一—一八四一七三

発行人　山岡喜美子

装　幀　和　兎

印刷所　日本ハイコム㈱

製本所　日本ハイコム㈱

定　価　本体一七〇〇円＋税

ISBN978-4-7814-1570-3 C0092 ¥1700E

第一句集シリーズ